# MASHA & THE BEAR
# KOLOBOK
# TEREMOK
# REPKA

---

# RUSSIAN FAIRY TALES

---

# РУССКИЕ НАРОДНЫЕ СКАЗКИ

## МАША И МЕДВЕДЬ
## КОЛОБОК
## ТЕРЕМОК
## РЕПКА

2021
ISBN: 9798478062170

———— ✳ ————
———— ✳ ————

# MASHA & THE BEAR
## МАША И МЕДВЕДЬ

Жили-были дедушка да бабушка. Была у них внучка Маша. Собрались одним прекрасным утром Маша с подружками в лес, по грибы да по ягоды.
– Дедушка, бабушка, – говорит Маша, – можно я пойду с подружками?
Дедушка с бабушкой отвечают:
– Иди, внученька, только смотри от подружек не отставай, не то заблудишься!

Once upon a time there lived an Old Man and an Old Woman. They had a granddaughter named Masha. One beautiful morning Masha got together with her friends to go berry picking in the forest. "Grandpa, Grandma, may I please go?" asked Masha. "You may go Masha, but stay close to your friends!" they answered.

Пришли девочки в лес, стали собирать ягоды.
Деревце за деревце, кустик за кустик. Ушла Маша
далеко-далеко от подружек, не заметила. Стали
подружки звать её, но Машенька их не слышала.

The girls were picking berries – from bush to bush,
tree to tree. Preoccupied, Masha wandered off. The
girls called Masha, but she went far away and could not
hear them.

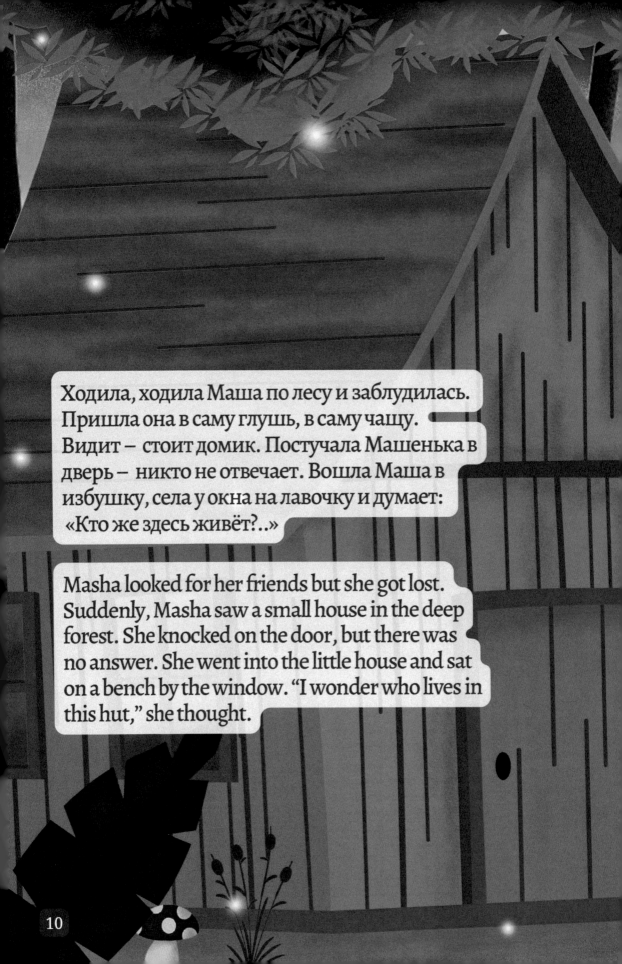

Ходила, ходила Маша по лесу и заблудилась.
Пришла она в саму глушь, в саму чащу.
Видит – стоит домик. Постучала Машенька в
дверь – никто не отвечает. Вошла Маша в
избушку, села у окна на лавочку и думает:
«Кто же здесь живёт?..»

Masha looked for her friends but she got lost.
Suddenly, Masha saw a small house in the deep
forest. She knocked on the door, but there was
no answer. She went into the little house and sat
on a bench by the window. "I wonder who lives in
this hut," she thought.

А в той избушке жил большой косолапый медведь. Вернулся вечером медведь, увидел Машеньку, обрадовался.
– Ага, – говорит, – теперь не отпущу тебя! Будешь у меня жить, печку топить, кашку варить, и меня кормить.
Потужила Маша, погоревала… Стала она жить у медведя в избушке и думать, как же ей убежать. Кругом лес, дорогу домой не знает, и спросить не у кого… Но Машенька не сдалась. Думала она, думала и придумала!

A big scary Bear lived in the house. Later that evening the Bear came home and saw Masha sitting there.

"Ah! Excellent! Now I will never let you go! You will live here – cook, clean and keep me company," he said.

Masha was sad and scared. She stayed with the Bear but did not give up. She started thinking of a plan to escape and find her way home. Suddenly, Masha knew just what to do!

– Медведь, медведь, отпусти меня на денёк в деревню, пожалуйста! Я бабушке да дедушке гостинцев снесу!

– Нет, – говорит медведь, – ты заблудишься. Я их сам отнесу.

А Машеньке того и надо! Напекла Маша пирожков, достала большой-пребольшой короб и говорит медведю:

– Медведь, я в этот короб пирожки положу, а ты отнеси их дедушке да бабушке. Да помни: короб по дороге не открывай, пирожки не вынимай и не ешь. Я на самый высокий дуб залезу за тобой следить буду!

– Ладно, – отвечает медведь, – давай корзину!

One day Masha asked, "Bear, Bear, may I please go to the village for a day? I would love to take some treats for my Grandpa and Grandma." The Bear said, "No, you will get lost. I will carry the treats myself."
This was exactly what Masha wanted! She baked some pies, put them on a big plate and said to the Bear, "I will put the pies in the basket, but keep in mind – you are not allowed to eat any. I will climb on the highest oak tree and watch you!"
"Very well," said the Bear.

Пока медведь собирался в дорогу, Машенька залезла в корзину, а сверху блюдо с пирожками поставила. Медведь взвалил себе корзину на спину и пошёл в деревню.

When the Bear was getting ready for the trip, Masha crawled into the basket and put the plate with her pies on top. The Bear got the basket and left.

Шёл-шёл медведь, устал и говорит:
– Сяду на пенёк,
Съем пирожок!
А Машенька из короба:
– Вижу, вижу!
Не садись на пенёк,
Не ешь пирожок!
Неси бабушке,
Неси дедушке!
– Ишь какая глазастая, – говорит медведь, – всё видит!
Поднял он корзину и пошёл дальше. Шёл-шёл, опять остановился, сел и говорит:
– Сяду на пенёк,
Съем пирожок!
А Машенька из короба снова:
– Вижу, вижу!
Не садись на пенёк,
Не ешь пирожок!
Неси бабушке,
Неси дедушке!
Удивился медведь:
– Вот какая хитрая!
Высоко сидит, далеко глядит!
Встал и пошёл скорее.

The Bear walked on and on, but he got tired and said, "What a heavy load I carry! I will sit on this stump and get myself a pie."
Masha said from the basket, "I see you, I see you! Don't sit on that stump, don't eat my pies. Bring those pies to my Grandma and Grandpa!"
"My, what sharp vision that Masha has, she sees everything!" said the Bear. He picked the basket up and kept walking.
On and on the Bear walked. He stopped again and said, "I will sit on this stump and get myself a pie."
Masha yelled again, "I see you, I see you! Don't sit on the stump, don't eat my pies. Bring those pies to my Grandma and Grandpa!"
"What a clever girl Masha is! Sitting high on the tree – she can see everything!" the Bear exclaimed. He grumbled but got up and kept moving.

Пришёл медведь в деревню и не успел даже постучать в ворота как собаки почуяли его и бросились на него с лаем. Испугался медведь, бросил короб у ворот и пустился в лес без оглядки.

Вышли дедушка да бабушка, видят – короб стоит. Тут Машенька подняла крышку да и выскочила из короба – живёхонька и здоровёхонька! Обрадовались дедушка да бабушка! Стали Машу обнимать, целовать, да умницей называть.

At last, the Bear made it to the village. As soon as the Bear got to Masha's house, the dogs sensed him and ran out barking. Scared, the Bear threw the basket down and took off running as fast as he could! Grandpa and Grandma came out and saw the basket. Masha opened the lid and jumped out. Her grandparents could not believe their eyes! Reunited at last, they gave Masha hugs and kisses.

# KOLOBOK

# КОЛОБОК

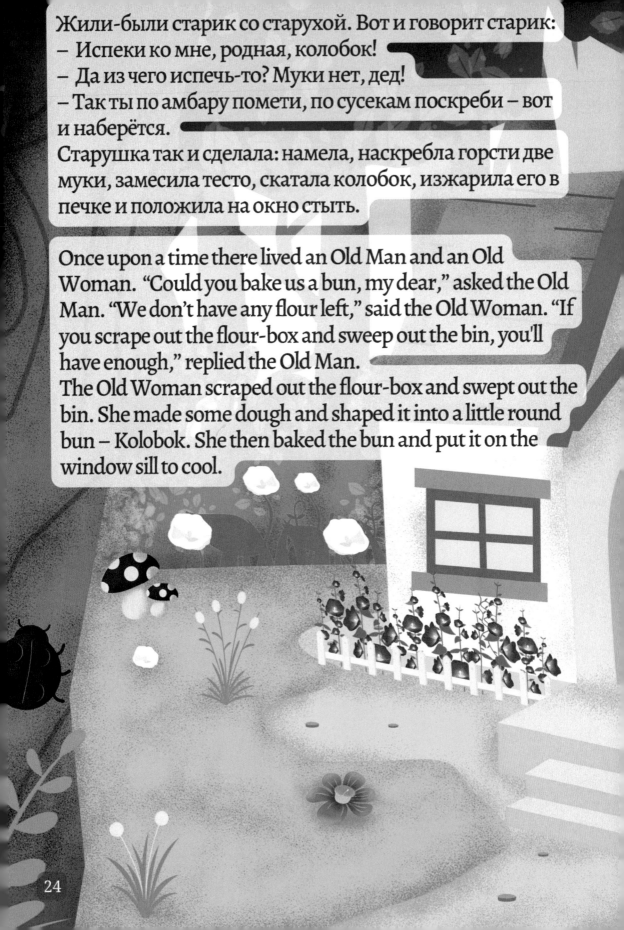

Жили-были старик со старухой. Вот и говорит старик:
– Испеки ко мне, родная, колобок!
– Да из чего испечь-то? Муки нет, дед!
– Так ты по амбару помети, по сусекам поскреби – вот и наберётся.
Старушка так и сделала: намела, наскребла горсти две муки, замесила тесто, скатала колобок, изжарила его в печке и положила на окно стыть.

Once upon a time there lived an Old Man and an Old Woman. "Could you bake us a bun, my dear," asked the Old Man. "We don't have any flour left," said the Old Woman. "If you scrape out the flour-box and sweep out the bin, you'll have enough," replied the Old Man.
The Old Woman scraped out the flour-box and swept out the bin. She made some dough and shaped it into a little round bun – Kolobok. She then baked the bun and put it on the window sill to cool.

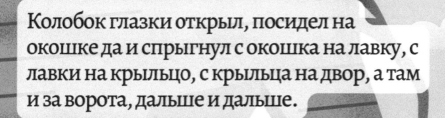

Колобок глазки открыл, посидел на окошке да и спрыгнул с окошка на лавку, с лавки на крыльцо, с крыльца на двор, а там и за ворота, дальше и дальше.

Kolobok opened his eyes and jumped from the window on the bench outside. From the bench he jumped on the ground, and away he rolled along the road!

Катится колобок по дорожке, а навстречу ему заяц:

– Колобок, колобок! Я тебя съем!

– Нет, не ешь меня, косой, а лучше послушай, какую я тебе песенку спою.

– Ладно пой, говорит заяц.

Колобок и запел:

– Я колобок, колобок!
Румяный бок, румяный бок!
По амбару я метён,
По сусекам я скребён,
Да я в печку сажён,
И на окошке стужён.
Я от дедушки ушёл,
И я от бабушки ушёл,
И от тебя мой зайчик славный,
Я быстро убегу!

И покатился колобок быстро-быстро, только заяц его и видел!

Kolobok rolled on and on, until he met a Rabbit on the path. "I'm going to eat you, little bun," said the Rabbit.

"No, don't eat me, let me sing you a song instead," said Kolobok.

"All right, let's hear it!"

"Here it is!
I am Kolobok, Kolobok!
Rosy cheeks, oh rosy cheeks!
I was scraped from the flour-box,
And swept from the flour-bin,
And baked in the oven,
And cooled on the sill.
I ran away from Grandpa,
I ran away from Grandma,
And I'll run away from you, fluffy Rabbit!" Kolobok quickly rolled away from the Rabbit.

Катится колобок по тропинке в лесу, а навстречу ему волк:
– Колобок, колобок! Я тебя съем!
– Не ешь меня, серый волк, я тебе песенку спою. И запел:
– Я колобок, колобок!
Румяный бок, румяный бок!
По амбару я метён,
По сусекам я скребён,
Да я в печку сажён,
И на окошке стужён.
Я от дедушки ушёл,
И я от бабушки ушёл,
И от зайца я ушёл,
И от тебя я волк суровый,
Обязательно уйду!
И покатился колобок дальше
– только его волк и видел.

Kolobok rolled on and on, when he met a Wolf on the path. "I'm going to eat you, little bun," said the Wolf.
"No, don't eat me, gray Wolf! Let me sing you a song instead," said Kolobok. "Here it is!
I am Kolobok, Kolobok!
Rosy cheeks, oh rosy cheeks!
I was scraped from the flour-box,
And swept from the flour-bin,
And baked in the oven,
And cooled on the sill.
I ran away from Grandpa,
I ran away from Grandma,
I ran away from the Rabbit,
And I'll run away from you, gray Wolf!" And away he rolled.

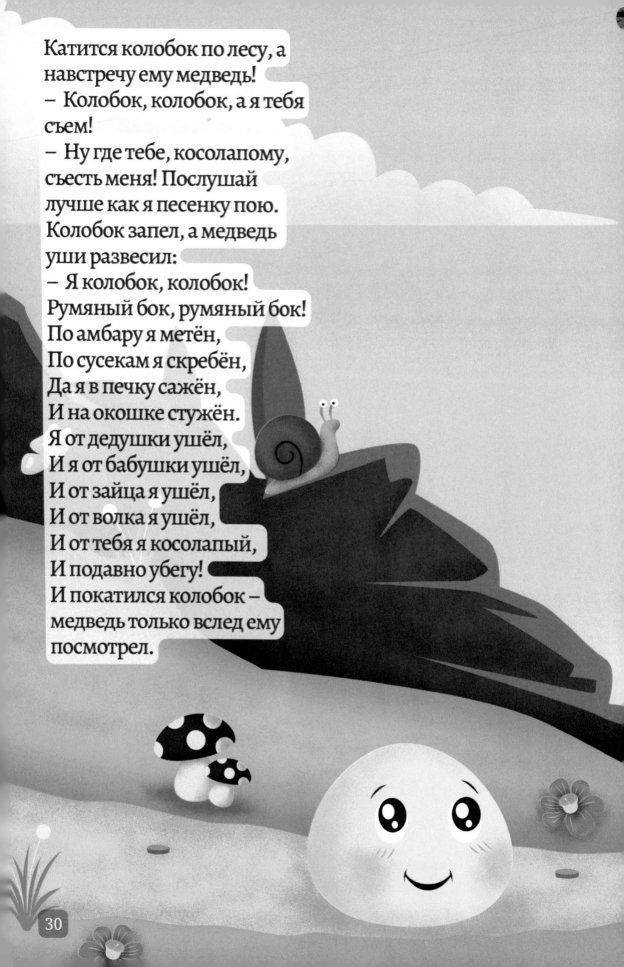

Катится колобок по лесу, а навстречу ему медведь!

– Колобок, колобок, а я тебя съем!

– Ну где тебе, косолапому, съесть меня! Послушай лучше как я песенку пою. Колобок запел, а медведь уши развесил:

– Я колобок, колобок!
Румяный бок, румяный бок!
По амбару я метён,
По сусекам я скребён,
Да я в печку сажён,
И на окошке стужён.
Я от дедушки ушёл,
И я от бабушки ушёл,
И от зайца я ушёл,
И от волка я ушёл,
И от тебя я косолапый,
И подавно убегу!
И покатился колобок –
медведь только вслед ему посмотрел.

Kolobok rolled on and on, until he met a Bear on his way.
"I'm going to eat you, little bun," said the Bear.
"Why would you eat me, clumsy Bear? Let me sing you a song instead," said Kolobok.
"I am Kolobok, Kolobok! Rosy cheeks, oh rosy cheeks! I was scraped from the flour-box, And swept from the flour-bin, And baked in the oven, And cooled on the sill. I ran away from Grandpa, I ran away from Grandma, I ran away from the Rabbit, I ran away from the Wolf, And I'll definitely run away from you, clumsy Bear!"
And away he rolled.

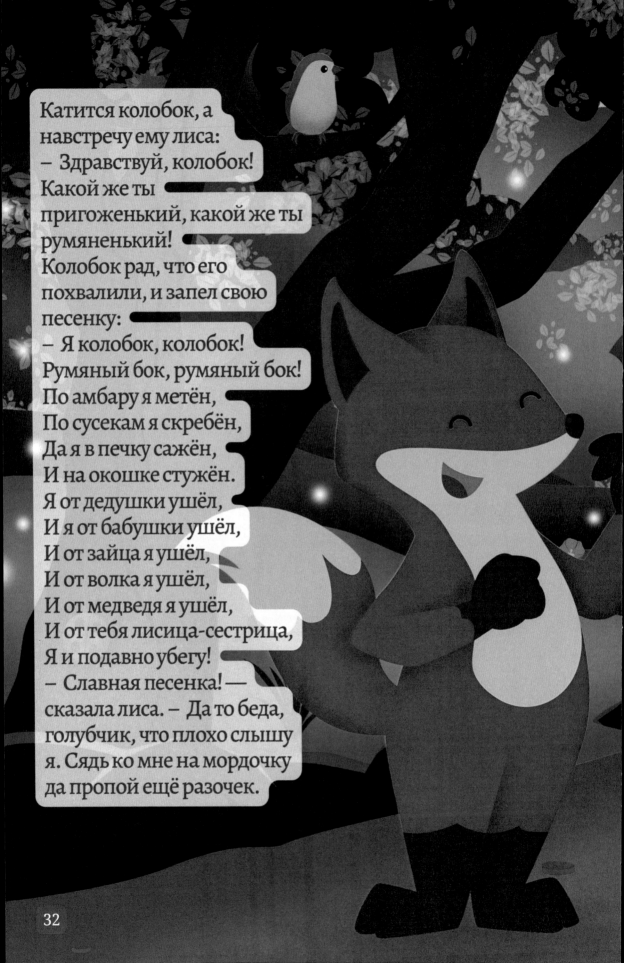

Катится колобок, а навстречу ему лиса:

– Здравствуй, колобок! Какой же ты пригоженький, какой же ты румяненький!

Колобок рад, что его похвалили, и запел свою песенку:

– Я колобок, колобок!
Румяный бок, румяный бок!
По амбару я метён,
По сусекам я скребён,
Да я в печку сажён,
И на окошке стужён.
Я от дедушки ушёл,
И я от бабушки ушёл,
И от зайца я ушёл,
И от волка я ушёл,
И от медведя я ушёл,
И от тебя лисица-сестрица,
Я и подавно убегу!

– Славная песенка! — сказала лиса. – Да то беда, голубчик, что плохо слышу я. Сядь ко мне на мордочку да пропой ещё разочек.

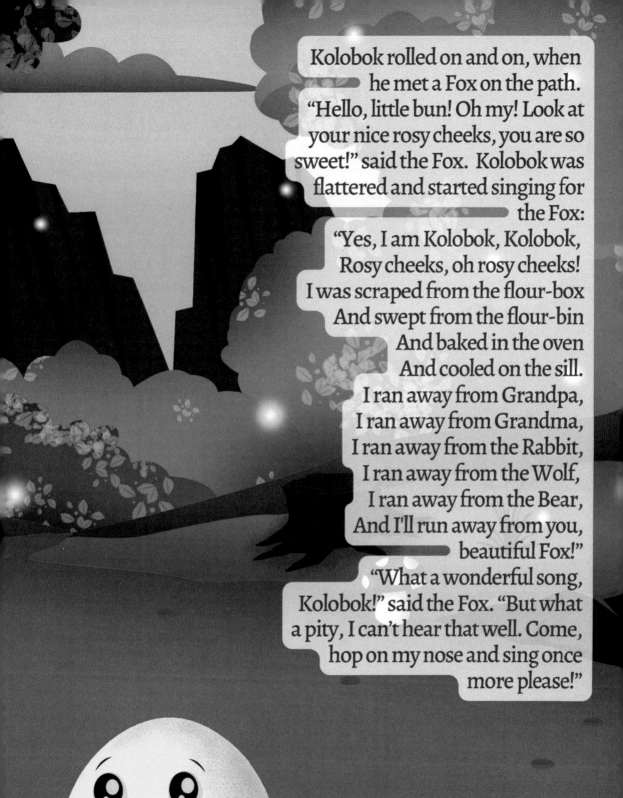

Kolobok rolled on and on, when he met a Fox on the path. "Hello, little bun! Oh my! Look at your nice rosy cheeks, you are so sweet!" said the Fox. Kolobok was flattered and started singing for the Fox:

"Yes, I am Kolobok, Kolobok,
Rosy cheeks, oh rosy cheeks!
I was scraped from the flour-box
And swept from the flour-bin
And baked in the oven
And cooled on the sill.
I ran away from Grandpa,
I ran away from Grandma,
I ran away from the Rabbit,
I ran away from the Wolf,
I ran away from the Bear,
And I'll run away from you,
beautiful Fox!"

"What a wonderful song, Kolobok!" said the Fox. "But what a pity, I can't hear that well. Come, hop on my nose and sing once more please!"

Подумал колобок что уже поздно и домой пора, и говорит:
– Ладно лиса-краса спою, только ты поудобней садись, песенка долгая.
Лиса пока устраивалась поудобнее, колобок соскочил с пенька и покатился домой быстрее ветра – а лисица только его и видела!

Kolobok thought about singing once more, but it was getting late and was time to go home. He said, "Alright, beautiful Fox, I will sing on your nose. My song is quite long, so sit back comfortably on this tree stump."
As the Fox was sitting down, Kolobok leaped and away he rolled – faster than the wind!

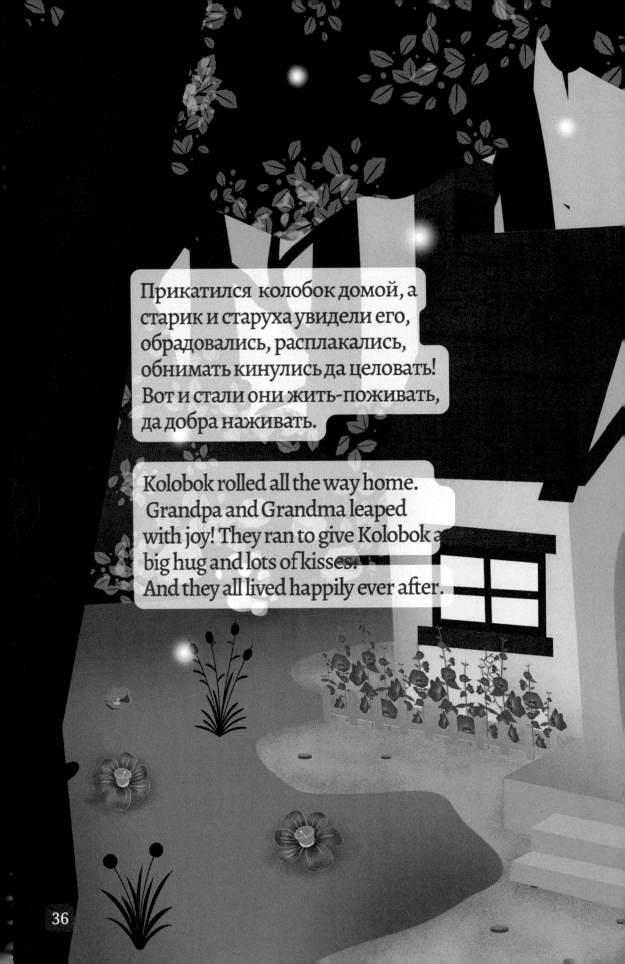

Прикатился колобок домой, а
старик и старуха увидели его,
обрадовались, расплакались,
обнимать кинулись да целовать!
Вот и стали они жить-поживать,
да добра наживать.

Kolobok rolled all the way home.
Grandpa and Grandma leaped
with joy! They ran to give Kolobok a
big hug and lots of kisses.
And they all lived happily ever after.

# TEREMOK

## ТЕРЕМОК

Стоял в лесу домик-теремок. Бежит мимо маленькая мышка-норушка. Увидала теремок, остановилась и спрашивает:

– Терем-терем-теремок! Кто тут в тереме живёт? Никто не отзывается. Мышка-норушка вошла в теремок и стала там одна жить.

There stood a small wooden house (Teremok) in the forest. One day a Mouse ran by the house. "What a nice wooden house! Knock, knock, knock. Who lives here?" asked Little Mouse. Nobody answered...
"I can live here!" squeaked Little Mouse. Little Mouse moved into the wooden house.

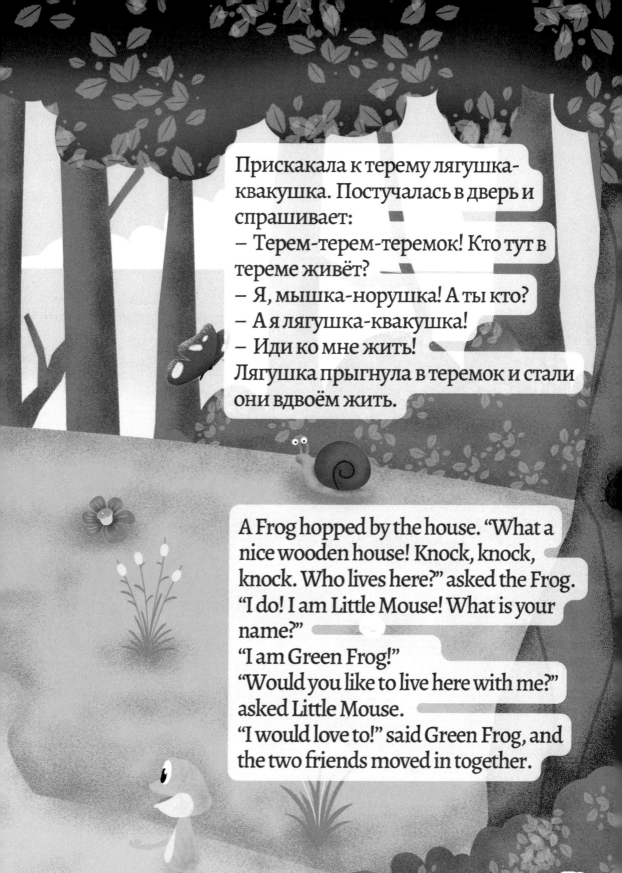

Прискакала к терему лягушка-
квакушка. Постучалась в дверь и
спрашивает:
– Терем-терем-теремок! Кто тут в
тереме живёт?
– Я, мышка-норушка! А ты кто?
– А я лягушка-квакушка!
– Иди ко мне жить!
Лягушка прыгнула в теремок и стали
они вдвоём жить.

A Frog hopped by the house. "What a
nice wooden house! Knock, knock,
knock. Who lives here?" asked the Frog.
"I do! I am Little Mouse! What is your
name?"
"I am Green Frog!"
"Would you like to live here with me?"
asked Little Mouse.
"I would love to!" said Green Frog, and
the two friends moved in together.

Бежит мимо зайчик-побегайчик. Увидел теремок и спрашивает:
– Терем-терем-теремок! Кто тут в тереме живёт?
– Я, мышка-норушка!
– Я, лягушка-квакушка! А ты кто?
– А я зайчик-побегайчик.
– Иди к нам жить!
Зайчик скок в теремок и стали они втроём жить.

A Rabbit ran by the house and said, "What a nice wooden house! Knock, knock, knock! Who lives here?"
"We live in the house! I am Little Mouse!"
"I am Green Frog! What is your name?"
"I am Speedy Rabbit!"
"Would you like to live here with us?"
"I would love to!" said Speedy Rabbit, and the three friends moved in together.

Идёт мимо теремка лисичка-сестричка. Постучала в дверь и спрашивает:

– Терем-терем-теремок! Кто тут в тереме живёт?

– Я, мышка-норушка.

– Я, лягушка-квакушка.

– Я, зайчик-побегайчик. А ты кто?

– А я лисичка-сестричка!

– Иди к нам жить!

Зашла лисичка в теремок и стали они вчетвером жить.

A Fox ran by the house and asked, "What a nice wooden house! Knock, knock, knock! Who lives here?"
"We live in the house! I am Little Mouse!"
"I am Green Frog!"
"I am Speedy Rabbit! What is your name?"
"I am Red Fox!"
"Would you like to live here with us?"
"I would love to!" said Red Fox, and the four of them moved in together.

Прибежал волчок-серый бочок, заглянул в окошко и спрашивает:
– Терем-терем-теремок! Кто тут в тереме живёт?
– Я, мышка-норушка.
– Я, лягушка-квакушка.
– Я, зайчик-побегайчик.
– Я, лисичка-сестричка, а ты кто?
– А я волчок-серый бочок.
– Иди к нам жить!
Волк влез в теремок и стали они впятером жить.

A Wolf ran by the house. "What a nice wooden house! Knock, knock, knock! Who lives here?" asked the Wolf. "We live in the house! I am Little Mouse!"
"I am Green Frog!"
"I am Speedy Rabbit!"
"And I am Red Fox! What is your name?"
"I am Howling Wolf."
"Would you like to live here with us?"
"I would love to!" said Howling Wolf, and the five friends moved in together.

Вдруг идёт медведь косолапый. Увидел медведь теремок, остановился и заревел во всю мочь:
– Терем-теремок! Кто в тереме живёт?
– Я, мышка-норушка.
– Я, лягушка-квакушка.
– Я, зайчик-побегайчик.
– Я, лисичка-сестричка.
– Я, волчок-серый бочок, а ты кто?
– А я медведь-косолапый.
– Иди к нам жить!

A Bear walked by the house. "What a nice wooden house! Knock, knock, knock! Who lives here?" roared the Bear. "We live in the house! I am Little Mouse!"
"I am Green Frog!"
"I am Speedy Rabbit!"
"I am Red Fox!"
"And I am Howling Wolf. What is your name?"
"I am Clumsy Bear."
"Would you like to live here with us?"
"I would love to!" said Clumsy Bear.

Медведь полез в теремок: лез-лез, но никак не мог влезть в дверь. Полез медведь на крышу, но как только уселся – затрещал теремок, упал набок и развалился!
Еле-еле успели из него все выскочить. Мышка-норушка, лягушка-квакушка, зайчик-побегайчик, лисичка-сестричка, волчок-серый бочок, и медведь-косолапый – все целы и невредимы!

Clumsy Bear tried to get in the house, but he was too big to fit through the door. He tried climbing on the roof instead, but... he crushed the whole house!

The animals escaped just in time. Little Mouse, Green Frog, Speedy Rabbit, Red Fox, Howling Wolf, and Clumsy Bear – all were safe.

Медведь погоревал, но друзья не отчаялись – взялись строить новый большой дом, и лучше прежнего выстроили!

Clumsy Bear was disappointed, but the friends came together and started building a new house that would be big enough for everyone!

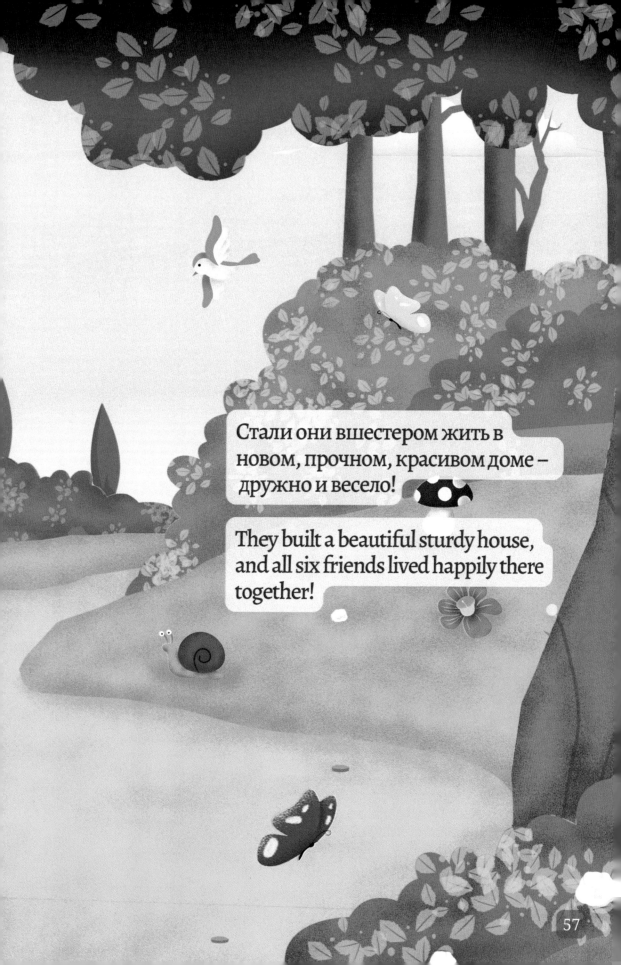

Стали они вшестером жить в новом, прочном, красивом доме – дружно и весело!

They built a beautiful sturdy house, and all six friends lived happily there together!

REPKA

РЕПКА

Посадил дед репку и говорит:
– Расти, расти, репка, большая и сладкая!
Вот и выросла репка сладкая, круглая, и большая-пребольшая!

Grandpa planted a turnip (Repka). "I hope it grows very big and sweet," he said.
The turnip grew very-very big, round and sweet, indeed!

Стал дед репку из земли тянуть.
Тянет-потянет, вытянуть не может.

Grandpa tried to pull up the turnip. He
pulled and pulled but could not pull it up!

Позвал дед бабку. Стали они вместе
тянуть. Бабка за дедку, дедка за репку.
Тянут-потянут, вытянуть не могут.

Grandpa called Grandma to help.
Grandma pulled Grandpa, Grandpa
pulled the turnip. They pulled and pulled
but could not pull it up!

Позвала бабка внучку.
Внучка за бабку, бабка за дедку, дедка за репку. Тянут-потянут, вытянуть не могут.

Grandma called Granddaughter to help. Granddaughter pulled Grandma, Grandma pulled Grandpa, and Grandpa pulled the turnip. They pulled and pulled but could not pull it up!

Позвала внучка Жучку.
Жучка за внучку, внучка за бабку,
бабка за дедку, дедка за репку.
Тянут-потянут, вытянуть не могут.

Granddaughter called Doggy to help.
Doggy pulled Granddaughter,
Granddaughter pulled Grandma,
Grandma pulled Grandpa, and
Grandpa pulled the turnip. They pulled
and pulled but could not pull it up!

Позвала Жучка кошку. Кошка за Жучку, Жучка за внучку, внучка за бабку, бабка за дедку, дедка за репку. Тянут-потянут, вытянуть не могут.

Doggy called Kitty to help. Kitty pulled Doggy, Doggy pulled Granddaughter, Granddaughter pulled Grandma, Grandma pulled Grandpa, and Grandpa pulled the turnip. They pulled and pulled but could not pull it up!

Позвала кошка мышку.
Мышка за кошку, кошка за Жучку,
Жучка за внучку, внучка за бабку,
бабка за дедку, дедка за репку.
Тянут-потянут – и вытянули репку!

Kitty called Mouse to help. Mouse
pulled Kitty, Kitty pulled Doggy, Doggy
pulled Granddaughter, Granddaughter
pulled Grandma, Grandma pulled
Grandpa, and Grandpa pulled the
turnip. They pulled and pulled... and
pulled the Giant Turnip up!"

# СПАСИБО!

# THANK YOU!

# @RussianChildrensBooks

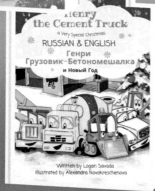

Made in the USA
Columbia, SC
16 September 2024

b632d22f-1ff3-40ad-8630-a00f7dd01017R01